Des petites bêtes à l'école

DIDIER DUFRESNE

ILLUSTRATIONS
DE MÉLANIE ALLAG

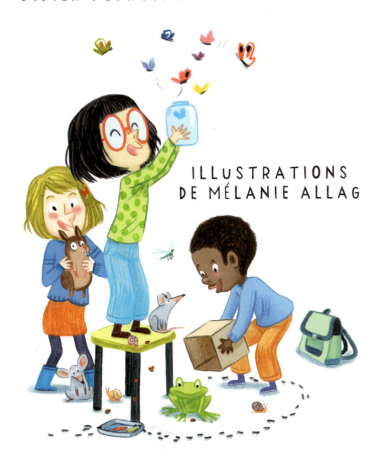

Chapitre 1

Tout a commencé quand, par un beau jour d'automne, Léa a apporté deux poissons rouges à l'école.
Monsieur Dubéret l'a félicitée :
– Très bonne idée, Léa.
La classe sera plus gaie.
Puis il a installé le bocal sur une table, au fond de la salle.

Alors, tout le monde a voulu en faire autant…
Le lendemain, Arani a apporté deux souris, Jiro une douzaine d'escargots…

Et tous les jours, de nouveaux animaux sont arrivés : grenouilles, chenilles et **insectes** variés.

Maintenant, monsieur Dubéret
ne félicite plus, il **entasse**. C'est qu'il
commence à manquer de place !

Les chenilles habitent
dans la boîte de craies.

Les escargots bavent
sur les étagères.

Et monsieur Dubéret
sursaute toujours
quand il trouve
une grenouille
dans sa poche !

Il faut aussi nourrir tout ce petit monde : salade pour les escargots, feuilles fraîches pour les chenilles…

Ce travail occupe les élèves
une bonne partie de la journée,
si bien qu'ils ont du mal à apprendre
à lire et à compter !

Quand le maître dit :
– Prenez vos livres
de lecture…

Léa lève la main :
– Une souris
a grignoté
le mien !

Quand il demande d'éponger le tableau, voilà ce que répond Jiro :

– Impossible ! Un crapaud dort dans le seau.

Ça ne peut plus durer ! Heureusement, Anis et Olga ont une idée…

Chapitre 2

Le soir, deux ombres se glissent dans la cour de l'école et **se faufilent** dans la classe de monsieur Dubéret.
La lumière s'allume…
Anis et Olga ouvrent les cages et les bocaux :

– Sauvez-vous, les amis !
– Allez, à vous la liberté !

Alors, les papillons s'envolent,
les grenouilles bondissent,
les souris **détalent**, les fourmis
partent en **colonies**…

Le lendemain, c'est une vraie catastrophe ! Le directeur est accueilli dans son bureau par trois grenouilles vertes et **coassantes**. Des fourmis escaladent ses dossiers, une famille de souris campe dans ses tiroirs…
– Qu'est-ce que c'est que ce bazar ?

Pendant ce temps, chez madame Maillard, la chasse aux papillons remplace la leçon sur l'addition.

Et chez madame Larmier, une grande course d'escargots est organisée :
– Allez, le gris !
– Allez, le jaune !

Dans la classe de monsieur Dubéret, en revanche, on n'entend plus un bruit. En entrant, le maître est très surpris :
– Tiens, tiens, c'est bien silencieux, ce matin !

À cet instant, un cri retentit.
Le maître se précipite vers
la fenêtre et voit la cuisinière
 poursuivie par un
hamster :
– Mais… que se passe-t-il ?

Léa pointe un bocal du doigt :
– Regardez ! Tout est vide !
Monsieur Dubéret fronce les sourcils :
 – On dirait que nos **bestioles** se sont échappées. Vite, il faut les récupérer !

Chapitre 3

Alors, dans les classes et les couloirs,
dans la cour et les toilettes,
un grand jeu commence :
la chasse à la bébête !

Une heure plus tard,
tous les animaux ont retrouvé
leur boîte ou leur bocal.

 Timidement, Anis et Olga lèvent la main :
– Dites, monsieur…
– Il faudrait peut-être les remettre en liberté ?
 Monsieur Dubéret approuve :
– Vous avez raison, nous les avons assez observés.

Le jour suivant, les élèves partent en promenade.

Près de la mare, au pied des arbres, ils ouvrent les boîtes, les cages, les bocaux… et laissent s'échapper leurs animaux !

Désormais, dans la classe de monsieur Dubéret, on est tranquille pour travailler. Plus de souris dans les cartables, ni d'escargots sur le tableau… C'est si calme qu'on entendrait une mouche voler… s'il y en avait une !

© 2013 Éditions Milan
300, rue Léon-Joulin, 31101 Toulouse Cedex 9 – France
www.editionsmilan.com
Loi 49.956 du 16.07.1949 sur les publications destinées à la jeunesse
Dépôt légal : 1er trimestre 2014
ISBN : 978-2-7459-6278-2
Achevé d'imprimer en France par Pollina - L67506h
Mise en pages : Graphicat

Ce titre est une reprise du magazine *J'apprends à lire* n° 156.